おばさんライフを楽しむ

―終活の中締め―

篠原富美子

ブックデザイン　杉本幸夫
装画・挿画　山本修生

おばさんライフを楽しむ

―終活の中締め―

はじめに

人間の心臓は、メンテナンスフリーで、百二十年働きつづけることができるそうです。それ故に、「還暦」「古希」などの長寿を祝う言葉は、百二十歳の「大還暦」が最後で、その後はないとのことです。私は、先日、区役所から後期高齢者と認定され、まもなく「喜寿」を迎えます。

この世での最初の出会いは、もちろん、母であったに違いありませんが、それからなんと多くの人との、出会いと別れを繰り返してきたことでしょう。

いつのまにか七十数年が経ってしまいました。

「そろそろ本格的に終活をせねば……」

と、思うのですが、財産などほとんど無いのですることもなく、ましてや独り身、『エンディングノート』などは不要です。

そこで、思い立ったのが、

「『終活の中締め』として、本を世に送り出そう」

心身ともに元気なうちに、

「皆さんありがとう！」

と、ご挨拶をしたい。

「この本を、その時の手土産としよう」


さらに、本の裏表紙に、二本のバーコードをつけて出版すれば、私がこの世に存在したことを「国会図書館」に遺すことができます。

子・孫と、存在を続けることのできない身では、出版は一石二鳥です。

終活の本締めは、百二十年はとても無理かもしれませんが、私の心臓が仕事を中止した時です。

目次

可愛いおばあちゃん

暑い夏も帰り支度を始めた頃、『後期高齢者医療保険者証』が郵便書留で届く。それを眺めていると、何やら急に人懐かしくなって、大した買い物もないが、マーケットまで行くことにした。区役所から後期高齢者用の小冊子が届いた時は、「私の後期は光《ひかり》輝《かがや》く、光輝《こうき》高齢者だ」と、うそぶいていた真理子であったが、さすがに保険証まで手にすると、現実を突きつけられた気がして寂《さみ》しさを覚える。おまけにその日は、朝からどんよりとして太陽もない。

真理子は、マーケットの一角にある休憩所の椅子に腰を下ろし、ぼんやりと行き交う人を眺めていた。周りは真理子のように一人ぼんやりしている人、ソフトクリームを舐《な》めながら楽しそうに談笑する女子高生たち、大きな買い物袋を足元に置いて人待ちのように時計に目をやる人、さまざまである。それらの人の多くは、数分の休憩で入れ替わっていく。

真理子だけが、手元の本に目を落としたり、周りの人を眺めたりしながら、ただ時間をやり過ごしている。

奥さんらしきおばあさんの手を借りながら杖《つえ》を片手に歩くおじいさん。娘さんの腕を頼りに歩くおばあさん。眺めていると自分の数年後を見ているようで、真理子は虚《むな》しさを感じ、そろそろ、「帰ろうかな」と思っていた時、前の椅子に一人の老人が腰を下ろした。

「おや、どこかで見たことがある」。真理子が記憶をたどっていると、彼は、小さな鞄《かばん》の中から、付箋のたくさん付いた本を取り出した。

「――わかった！」。声をかけようかと、真理子が躊躇《ちゅうちょ》していると、向こうから、

「真理ちゃん、真理ちゃんだよな。僕だよ」

「そう、真理子。宏さんね」

「そうだよ。懐かしいなー、元気？」

「うん、私、後期高齢者になっちゃった。あなたもいいじいさんね」

「そこは、お互いさまだよ」

「じじい、ばばあの再会！」

まだまだ元気で身が軽い真理子は、少し小躍りをして宏の隣に腰を下ろした。

「相変わらず、本に付箋を付けて読むのね。それであなただとわかった」

「僕は、すぐわかったよ」

「今、何しているの」

「すっかり退職して、年金生活だよ」

「同じだ。私も」

「今日は、買い物？　どこに居るの」

「ああ、定年少し前に、阿佐ヶ谷に戻った」

「そう。おかあさん元気？　そんなはずないよねー」

「母も、弟も天国だよ。でも、本当に懐かしいなー」

二人が取り留めのない会話をしていると、裏の売店のほうから、肩から楽器らしきケースを提げ、手にはソフトクリームを持った若い女の子が現れた。

「お待たせ、知り合い？」

と、真理子のほうを見る。

「昔の友達だよ。そうだ、紹介しよう、孫のゆ丶き丶。そして今日は、杉並公会堂での演奏会のお伴なんだ」

「そう、お孫さん。結婚したんだ」

「ああ、君は？」

「相変わらず」

「そうかー」

宏の傍らに立っていたゆきが、

「よかったら食べてください」

と、真理子に買ったばかりのソフトクリームを差し出した。

ニコニコ顔でそのやりとりを見ていた宏は、

「住所も電話番号も変わっていないんだろう？」

「うん」

「僕の携帯はこれ」

ポケットから付箋とペンを取り出して、素早く書いて真理子に渡し、

「君の携帯の番号は？」

と訊きながら、番号を書いた付箋を手持ちの本の奥付に貼りつけた。

「じゃあ、また会おう」

宏はそう言い残して、足早に孫のゆきと駅のほうへ向かった。

真理子は、ゆきからもらったソフトクリームを舐めながら、懐かしさに浸っていた。

そして、その余韻が消えるまで休憩所でしばらくぼんやりしてから、やっと腰を上げ家路についた。


学生生活も終わりに近づいた頃、真理子は、就職先の会社に近い所に新居を求めようと思い、ゼミ仲間の友人の一人に相談した。

「あなたの家は、確か阿佐ヶ谷だよね。近くにアパートを探したいんだけど……」

「それなら、荻窪に僕の知っている不動産屋があるよ」

「そこ紹介して」

真理子の記憶によれば、確かそれは、卒業式を待つのみとなった早春のことであった。

ほどなくして、真理子と友人は、荻窪の不動産屋に紹介された、荻窪駅南口側にある物件を見にいくことになった。大家は一人暮らしの女性で、お茶の先生だという。

二人が訪ねると、品のいいご婦人が出てきて、

「女性を希望していて、ご夫婦では無理なんですが……」

と、丁寧に断りを入れる。

「いいえ、私一人です」

「そうですか。そこの母屋の端のお部屋です。改造しまして、お風呂はないんですけれど、水道やトイレはちゃんとあるんですよ」

二人は、簡単に内見して、

「魅力的なんですが、ちょっと考えてから不動産屋さんに返事します」

と、その場を去り、近くの喫茶店に寄った。

「どうしよう、少しお値段もいいし、もっと別なものを考える。それにしても、素敵な奥さんだったわね」

「うん。僕も、あれが荻窪の叔母の言う、南口の奥様方、『荻窪婦人』かーと、感心しちゃった」

「あなたのおかあさんもあんな感じ?」

「だめだめ、おふくろは、阿佐ヶ谷のただのおばさんだよ」

「私も荻窪に住めば、あんな教養がにじみ出る品のいいご婦人になれるかしら」

「君には無理。氏より育ちというが、氏も育ちもよくなければだめだ。荻窪に住んだからといってそれは無理、無理」

「そうよねー、信州の山の中の水呑百姓の氏で、趣味が室内ゲームの囲碁・麻雀、屋外ゲームは競馬ではだめか」

「まあ、諦《あきら》めな」

「不動産屋には、正式に僕から断っておくよ」

真理子は、その日の日記に「荻窪婦人」と書いて眠り、数日後、結局、荻窪夫人が大家を務める物件とは反対側の、荻窪駅北口の木造二階建て、三畳ほどの台所と六畳一間のアパートを借りた。


学校を卒業し、ゼミ仲間たちは、それぞれ社会人生活に入った。真理子も三鷹にある会社に勤め、阿佐ヶ谷の友人は地方勤務になった。

それからは、年賀状で互いの安否を知るだけの数年である。

やがて真理子は、荻窪に中古のマンションを求め、その新居挨拶のはがきを出してからまもなく、阿佐ヶ谷の友人から東京の本社勤めになったと便りが届き、同時に新宿でゼミ仲間と会うことになっているから「君も是非！」と書かれてあった。

真理子は懐かしい仲間たちに会いたくなり参加することにした。


久しぶりのゼミ仲間との同窓会は、ささやかではあるがにぎやかで、大いに互いの近況を語り合い、終電間際にやっとお開きになった。

少し酒の匂いが漂う帰りの電車の中で、阿佐ヶ谷の友人は、

「僕も、碁を始めたよ。会社の上司で強い者がいて、無理やり覚えさせられた。最近ハマっているんだ」

「そう、今度、打ちましょう」

「僕は、初段くらいの腕前はあるよ」

「へー、立派。暇な休日にでも荻窪の碁会所で打ちましょう」

真理子は荻窪の行きつけの碁会所を紹介した。

「行くときに電話するからな」


彼は、真理子が碁会所に顔を出したときには、ほとんど居るようになっていた。そして、そんな夕刻は、近くの飲み屋で夕食を共にするようになった。

「君の、マンションは近いのか？　行ってみたいなー」

「だめ、男子禁制よ」

「うそつけ、碁会所の連中によればいろんな男が入り浸っているとか」

「まさかー」

真理子は笑い飛ばしたが、

「でも、あなたなら許す。未来の荻窪婦人の妨げにはならなそうだから」

「まだ、君は荻窪婦人などと言っているのか」

嫌いな相手ではない、真理子は結局、家に招くことにした。それを機に二人は急速に親しくなり、いつのまにか彼は、そこから会社に通うようになり、気づいてみれば彼の荷物もずいぶん増えていた。

時折、彼が、

「そろそろ正式に結婚しよう」

と、結婚が話題になることもあった。

「弟が結婚して大阪に行ってしまい、おふくろが時々言うんだ、『あなたたちも正式に結婚しなさい』と」

しかしそれは、周囲から催促されたときだけで、

「面倒くさいね」

と、真理子は応じ、彼も、

「まあ、しばらくほうっておくか」

「そのうちに籍だけでも入れましょう」

結局、いつもこんな調子で、互いに仕事に専念した事実上の夫婦生活は、その状態のまま長年続いた。

ある日、晩酌のビールを飲みながら、

「真理ちゃん、会社辞められるか？」

「うん、どうして」

「このところ、海外赴任の話があって、どうしようかと迷っている」

彼は、真理子のグラスにビールを注ぎながら、

「会社のほうは、単身でも家族一緒でもどちらでもよいと言う」

真理子はしばらく押し黙っていたが、

「あなたは、海外赴任をオーケーしなさい。私のことはちょっと待って。即答できない」

数日後、真理子は、

「私は、会社を辞めない。荻窪に残る。これを機に別れましょう」

と告げた。

「多分、そう言うと思った。幸い子どももいない、籍も入っていない」

「あなたが再び東京に戻ったとき、互いに一人身だったら、今度こそ正式に結婚しましょう」

「うん、そうしよう。でも好きな男ができたら結婚しろよ、僕もそうする」

「お互いにこれからの人生を束縛しあうことなく送りましょう」

「君は、夢の荻窪婦人を目指して。僕も勝手に生きるよ」

「でも最後の私のお願いを聞いて、飛行場でさようならするまでは、一緒で居たい」

「わかった」

その夜、二人はいつもより激しい愛の営みを行い、疲れ切った体を絡め合ったまま、ぐっすりと眠った。


真理子は、飛行場での握手を最後に彼に逢うことはなく、仕事に没頭して定年を迎え、後期高齢者になった。別れてからの歳月は、両手と両足の指を使っても数えきれない。

マーケットで再会してからまもなく、真理子の携帯電話のベルが鳴り、

「久しぶりに碁でも打つか」

荻窪の碁会所で会うことになった。

碁を打ちながら、

「あの後、ゆきに、あのばあさん若い頃、歳を取ったら品のいい荻窪婦人になりたいと言っていたが、ただのばあさんだったな、と話したら、ゆきは何と言ったと思う？」

「もちろん、ただのおばあさんでしょ」

「ところが違うんだよ。『おじいちゃんのために買ったソフトクリームをあげたら、素直に受け取って、いいの？　ありがとうって、おいしそうに食べてたよ。とっても帽子の似合う可愛いおばあちゃんよ』と言うんだ」

「へー、そんなことを……」

「上品な荻窪婦人は、だめだったが、可愛いおばあちゃんにはなれたようだね」

真理子は、それを聞いて、残り少ない人生を、思うがまま過ごし、可愛いおばあちゃんでいよう、と思った。

憎まれっ子

口の中というか、喉元に何かが刺さっている。私は、「苦しい、取ってくれ」と、喚《わめ》きたいが、声を発することができない。それが治まったのかどうかは、わからない。確かな記憶のない朦朧《もうろう》とした状態が、何時《なんどき》か続いたのだろう。

ぼーっとした薄明かりの向こうの物陰から、私のほうを誰かが見ている。それが誰であるかは、わからない。知らない人だ。「ここは、どこ？」と、問おうとすると、その人影は消えた。そして、目の前に「うようよ」と虫のような形をした、影のようなものが動いている。

「篠原さん、覚めた？」と女性が問う。

「はい」と、答えたかどうかは、覚えていない。ともかく、私は、長い眠りから目覚めたようである。

少しずつ意識がはっきりしてくると、自分の体の異常に気づく。私の鼻からは管が出ている。口にはマスクがしてあり、本来は穴があるはずのない腹のあたりからも二本の管が出て、そこから、床に置かれた瓶に何か液体が出ている。そして、指は変なものに挟まれ、腕には、点滴の針が刺してある。

体を動かすのが怖い。それでもはっきり目を開くと、頭上には、数字やグラフが表示されたモニター画面がある。どうやら、私の状態を計測し、ナースセンター？　へ転送しているらしい。

「そうかー、ここは病院だ」と、少し思い出す。そしてまた眠る。

眠りと目覚めを繰り返すうちに先生が来た。私の口を覆うマスクを外し、「よく頑張った。これはもうよいだろう」と、鬱陶《うっとう》しいものを一つ取り除いてくれた。

先生は、頭上のモニターを視ながら、「少し話せるか？」と関西訛《なま》りで訊く。

「先生、手術は成功したのね」

「そうだよ。この病気は、手術が成功すれば、社会復帰ができるよ」

「社会復帰はどうでもよいが、飲み屋復帰と、碁会所復帰だけはしたい」

「大丈夫だ。復帰できるよ」

どうやら、私の手術は、成功率八十パーセントの中に入り、無事合格したらしい。

そこへ、若い女性が見え、

「篠原さん、お名前を言ってください」

「篠原富美子です」

「あいうえお、と言えますか？」

「あいうえお、かきく……」

「何歳ですか？」

「六十九です」などと、訊かれるままに、答えた。

その時は、何のテストだかわからなかったが、「ずーっと」後で考えてみると、手術の後遺症のチェックであったようだ。

先生は最後に、「明日の朝は、ヨーグルトを用意させるから」と、言って出ていった。

私は、三途の川の向こう岸まで行ったが、土手が高くて上れないでいると、閻魔《えんま》様が出てきて、「もうちょっと、憎まれっ子をしなさい」と、追い返されたようである。

その日、私は、友人たちと旅行するはずであった。

昨夜に準備した、リュックの中身をもう一度確認しようと、立ち上がると、「ずしーん」と、全身に猛烈な痛みが走る。「まずい」と、痛みが治まるまで横になった。体に違和感があるが、痛みは和らいだ。「とにかく、遅れないように出かけよう。駅まで行けば、後は電車である。そのうちに何とかなるだろう」と、エレベーターに乗り、表に出て歩き出した。

ところが、数メートルほどすると、右足が出にくい。そして、大きな交差点を渡りかけたところ、今度は左足まで変である。半分這《は》うようにして、やっと向こう側にたどり着いた。

縁石に腰を下ろしていると、「どうかしましたか?」と、自転車を押したご婦人に、声をかけられ、「急に歩けなくなった。そこのマンションまで戻りたい。そして、救急車を、呼ぶつもりです」と答える。

自転車の荷台をつかませてもらい、その力を借りて交差点を戻りかけると、ご婦人が、「家に、帰るより、そこの救急病院に行きましょう。距離は同じくらいですから」と、家の近くの救急病院に直行する。病院の玄関にたどり着いたとき、吐き気が起こり、我慢しきれずその場で吐き出してしまった。

助けていただいたご婦人にお礼も言わず、何がなんだかわからないまま、検査を受けた。若い先生が来て、「これは、うちでは無理だ。救急車を呼んだから、専門医の居る荻窪病院に運ぶ」と、言われ、生まれて初めて救急車に乗った。

荻窪病院の救急治療室に、赤い洋服を着た女医さんが待っていた。CT、エコーなどの検査を受ける。

「ご家族に連絡したい」

「しなくてもよいです」

「それは、こちらが困る」

「この携帯の○○と○○にお願いします」

気持ちが落ち着いたせいか、眠ってしまったようである。気がついて見ると、姉と弟がいた。

「心電図もCTも異常がないようです。今晩ここで一晩寝かせて、様子をみます」と、姉たちは帰された。

それから数分して、再び発作が起き、再度CTを撮ると、先生が、「原因が判明した。心臓から出ている大動脈の弓のような形をした部分に傷が入っている。手術が必要だ」と、紙にメモをしながら説明する。

「先生、この歳だから病気と仲良くしながら生きたいです」

「それは難しい。この病気と仲良くするには、死ななければできない」

「そうですか。手術の成功率は？」

「百パーセントとは言えないが、八十から九十パーセントくらいかな」

「八十もあればほとんどの試験に合格する。お任せします」

こうして、翌朝一番で、私の無傷の体にメスが入った。


夕方になると、「夕焼け小焼け……」と、昔の同僚が設計した防災システムの音楽が聞こえる静かな集中治療室に一週間くらい居た。医師の厳重管理も必要なくなり、鼻からの管は外れ、トイレも看護師を呼べば、移動式トイレを用意してくれる。

「篠原さん、午後に、一般病棟に移りましょう」

「個室ですか？」

「個室は空いていないので、六人部屋です」

「今はまな板の鯉ですから、お任せ」

「それから、区役所に高額医療費申請をしますが、よろしいですか？」

「何？　それ」

「健康保険で、一定額以上の治療費の面倒をみてくださる制度です」

「難しい話は、お任せ、お任せ」


一般病棟に移ると、賢そうな女性がベッドの脇に来た。

「篠原さん、こんにちは、しちょうの○○です。よろしくお願いします」

「えっ！　三鷹市長」

「いえ、ここの」

「ここは荻窪ですから、区長ですよね」

「看護師の師長です」

「なーんだ、変だなーと思った。お世話になります」

とんちんかんの会話に、「まずいなー」と笑う。まだ頭の回転が鈍っている。私のような者の所に市長が来るはずがない。

私は、晴れて、普通の病人になった。まず携帯電話を用意し、数日ご無沙汰していた、飲み屋仲間と、囲碁仲間に事情を説明する。そして、定年退職後、少しばかりお手伝いをしていた会社に、無事であることを知らせた。どうやら、姉が、会社への連絡は取ってあったようだ。

腹の中から出ていた管も取れた。苦痛の点滴もなくなり、私の体は元に戻った。

「こうなれば、ゆっくり静養しよう」

病院から出されるまずい食事をとり、担当の看護師さんや、回診の医師と簡単な会話をして、残りの時間はテレビ観賞、見舞客からいただいた本を読み、疲れたら眠る退屈な日々が続く。

ある日、飲み屋仲間の紳士が、生花と、『枕草子』を解説した本を持って見舞いに来た。彼が帰った後、「この花をどこに飾ろう?」

「そうだ、一人で楽しむより、皆に楽しんでもらおう」と、ナースセンターの入り口のカウンターの片隅に置かせてもらう。

すっかり顔なじみになった看護師さんと雑談をしているところに、担当医が通りかかった。

「先生、私のボーイフレンドからのプレゼント、きれいでしょう？」

「ほーっ、その花が枯れた頃に退院しよう」

「はい、そうします」

友人には、悪いが、私は早く枯れることを祈った。


花が枯れてしまったかどうかは、定かではないが、あと数日で一ヶ月の入院生活も終わろうとする頃、退院の日か決まった。

退院の前日、栄養士さんが来て、退院後の食生活について説明された。結論は、「何を食べてもよいが、塩分を控えるように」と、食品の塩分表を渡された。

「お酒を飲んでも大丈夫ですか？」

「大丈夫だと思いますが、先生に訊いてください」

私は、その夕刻、回診に見えた担当医に、

「先生、長い間ありがとうございました。ところで、お酒を飲んでよいですか？」

「ほどほどに飲んでいいよ」

「そこを、ほどほどって、個人差がありますよ」

「はい、わかりました。ほどほどに……」


私は、手術状況をビデオ撮影した「弓部上行置換」と書かれたＤＶＤ、置換した人工血管のメーカー名と製造番号が記入された書類、そして、一ヶ月分の薬を土産に退院し、自宅に帰った。

しばらくの間、義理の妹の助けを借りながら、ぼつぼつと、体を慣らす。

体も、気持ちもすっかり戻った頃、退院直後は、躊躇《ちゅうちょ》していたＤＶＤを観た。

私の、心臓には毛など生えていなかった。ピンクでとてもきれいである。この分だと腹も黒くはないだろう。

それ以来、私は友人に、「私の心臓には、毛など生えてなく、腹も黒くないよ。ピンクでとてもきれいなものよ」と、自慢している。

母の享年より長生きしている現在は、数年前のこの手術以来、死に対する恐怖もなくなり、淡々《たんたん》と日々を過ごしている。

あの時、死んでいたかもしれないと思えば、今は、おまけの人生である。

私の終活は、太陽とともに目を覚まし、太陽よりやや遅れて眠ることである。命の最後は手術の時のように自然に眠ってしまい、目が覚めないだけだ。何も難しいことはない。

その時は、閻魔様が「長い間、憎まれっ子、ご苦労さん」と迎えてくれるだろう。

迷い込んだ異人

私は、大きなシステムの設計が終わったことで、同僚と軽く祝賀会をして、ほろ酔い加減で玄関の鍵を開けた。「ああ、眠くなった、寝よう」と、ベッドに向かうと、部屋の片隅に置いてある電話機のボタンが点滅している。留守電メーッセージは、大学時代の親友からである。「もう遅い、明日にでも電話しよう」と、眠りにつく。

翌日電話すると、東京の高校に入学予定の、彼女の姪の下宿依頼である。

私は、引き受けてもよいが、残業続きの毎日で、ほとんど世話のできないことを話し、「それでもよければ」と、話が決まる。

次の日曜日、親友は、九州からアメリカ人の姪を伴って訪ねてきた。

親友の姪は、アメリカに住む兄の次女で、九月から東京の有名なアメリカンスクールに通うことになったそうである。そこで、東京の保護者として、私にお願いしたい、と話す。明日、学校の先生にも会ってほしいと。

姪の名前は、パトリシア・早田、十五歳。ハーフのせいか、背の高い美人である。連れられてきたパトリシアは、ここまで一言も発しない。

「ところで、日本語話せるの？」

私の問いに、パトリシアは、

「スコシ。カタコト。ヨムコトデキナイ」

私は、英語を得意としない。「まあ、何とかなるだろう」と、引き受ける。

翌日、アメリカンスクールの先生と会うことにし、二間ある部屋の一つを彼女の部屋として、引っ越してくる段取りをした。


八月の終わり頃、アメリカンスクールの入学手続きを済ませて、パトリシアが我が家にやってきた。私は、突然できた娘と、つたない英語と日本語の混在する会話で、「できる限り日本語を使う。私の遅い帰宅のときには一人で食事をするように」などと、日々の行動の約束を交わした。

約束を守りながら、パトリシアも、少しずつ新たな生活に慣れてきたある朝、「篠原さん、トレインパス失くした」と言う。「駅の事務所に相談しなさい」と、答えたが、心配になり、ついていくことにする。私は、駅員に簡単に事情を説明し、その後は、パトリシアに、一人でその交渉をさせた。

駅員が、

「いつ失くした？」と訊けば、

「キノウノキノウノキノウ」と、指を折って答え、

「どこで？」には、

「モーニング、エンター、オーケー、アウト……」

手でバツをつくる。

「じゃすと、もーめんと、ぷりーず」

駅員はそう言い残してその場を離れ、しばらくして、彼女のパスを手に戻ってきた。

その夜、パトリシアは、

「シノハラサン、ジャパンスゴイ。パスガデテキタ。アメリカダメ」と話す。

そして、

「ニホンジンエライ、ミンナエイゴハナセル」

どうやら駅員の片言英語に驚いたようだ。私が、

「今度の日曜日、あなたの食べたいものつくってあげるね。何がいい？」

　すると彼女は、

「ビーン、アカイ、スープ、アマイ、ライスケーキ」と答え、まるで謎解きである。

　私は、最初のビーン（豆）の単語につまずいたが、「豆、スープ、甘い……」と、ちょっと考え、「しるこ」とわかる。次の日曜日の午後、近くの甘味処で、一緒に汁粉を食べた。


　パトリシアもだいぶ日本語を覚え、二人の会話もスムーズになってきた。

　ある日、私が外出から帰ると、パトリシアは、友達と勝手のテーブルで勉強していた。その二人の会話は、私の知らない言葉である。パトリシアに訊けば、スペイン語だと言う。パトリシアは、コスタリカ生まれのアメリカ育ちであり、相手はブラジル人らしい。

「篠原さん、この数学教えて？」

　私は、「高校生の数学など大丈夫かなー」と、恐る恐る彼女たちのノートを覗《のぞ》いた。

それは、微分積分などの問題ではなく、「3マイナス5」などの簡単な算数である。

「高校生の問題ではないなー」と思いながら教えていると、パトリシアが、「私たち、馬鹿《ばか》だから勉強させられている」と、屈託なく話す。

「ねー、お姉さんのカタリーナはハーバード大学に入学したんでしょ。あなたはどうして？」

「カタリーナ勉強好き。私嫌い。だから日本で歌手になりたい。パパに話してある」

で、どうしようもない。

私は、それから時間があるときは、方程式の解き方や、幾何などを教えた。

ある日、学校の先生から私に、呼び出しの電話がかかってきた。

「トラブルがあったのか？」と、パトリシアに訊けば、「ノー」と言う。

私はどうにか仕事を調整し、少しばかりおしゃれをしてとにかく学校に向かった。

「あなたが、母親でないことは承知しています。でも東京の保護者でしょう？」

「はい、そのつもりです」

「どうして何の連絡もなく、先日の保護者を交えての文化祭に参加されなかったのですか？　パトリシアさんに訊いても何も答えてくれません」

「えっ？　そんなことがあったんですか？」

「今回だけではありません。保護者参加の学校の催し物には、いつも……」

「すみません。私も仕事が忙しくて。何も聞いていなかったので……」

「そうですか。この学校は、歴史も古く、……由緒正しい学び舎です」

「はい。もっとコミニュケーションをとります。でも、少し勉強はみてあげましたよ」

「確かに成績は上がりましたが、学校が六本木に近いので、夜遅く帰ることはありませんか？」

「ありますよ。でも十時ごろですよ」

「先日、他の生徒の保護者から、パトリシアさんに誘われて夜遊びして困る、とクレームがありました」

「わかりました」

私は早々に帰宅して、パトリシアに先生との会話の内容を説明した。

込み入った話は、英語による筆談である。

「だってー、九州のおばちゃんから、篠原さんに迷惑かけちゃいけない、と言われていたから」

「でも、私は東京のママよ。これからは必ず教えてね」

話を終え、私はお茶を飲みながら、つい、「面倒くさいね」と笑った。

「篠原さん、面倒くさい、もったいない、いつも言う。わからない」

はたと気づいた。該当するような英語が見当たらない。いや、知らない。

「面倒くさいは、ちょっとしたマインドトラブルで、気持ちがそれに乗じない？　もったいないは、少しばかり不経済な状態で、どちらも大きな問題ではないときに使う？」

「篠原さん、結婚しないの面倒くさいから？」

「いや、違う。そんな大きな問題には使わない」

それ以来、パトリシアは、「もったいない」をよく使い、日本語も板についてきた。

しかしながら、私と異人の、日本語と英語の混在した生活は、彼女の卒業を待たずに終わった。勉強嫌いのパトリシアは、それからしばらくして、アメリカへ帰ってしまった。

彼女が工作の時間につくったマグカップを置き土産にして……。

ただのおばさんと囲碁

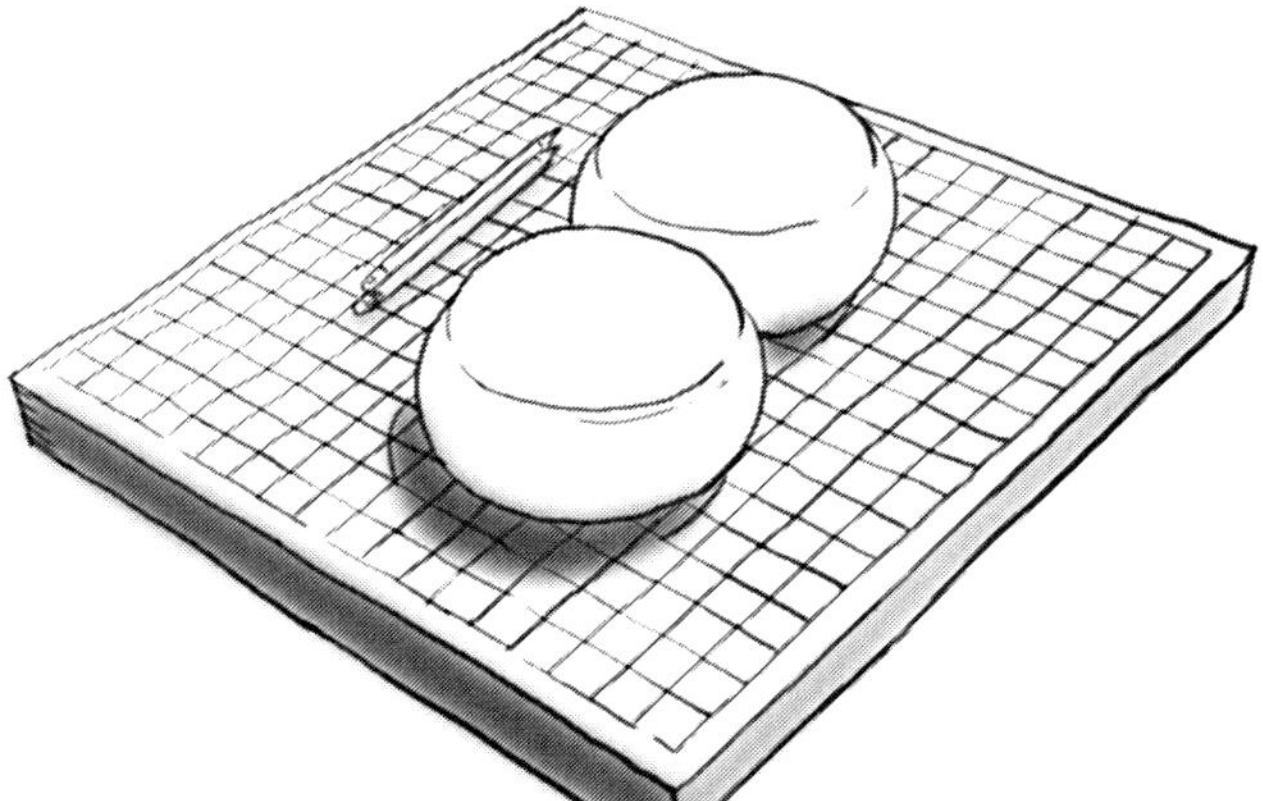

私は、定年退職まで数年になった。そろそろ、その後の生き方を考える時期になり、会社で開催される、「定年後の生き方」の講習会を受けることにした。退職金を計算し、それらの運用方法などの会計士の話や、「会社を辞めればただの人」と語る先輩の話を聞く。「やれやれ終わった」と、職場に戻ろうとすると、「久しぶり」と、肩をたたく者がいる。同期入社の一人である。

「これから本社に戻るの？」

「いや、そこの技術部に顔を出して、直帰だ」

「じゃあ、後で私の職場にも寄って。ちょっと訊きたいことがあるの」

終業のベルが鳴る頃、彼は職場にやってきた。私は、自動販売機でコーヒーを調達して、二人で、隣の会議室の椅子に座った。

「訊きたいことって何だ？」

「先日、大岩先輩が訪ねてきて、あなたが地域の仲間とサークルをつくったと言っていたのよ。何のサークル？」

「ああ、そのことか。産声を上げようとしてはいるが、具体的にはまだ……」

「大岩さんの話では、現役時代のＩＴ技術で、地域に貢献するとか言っていたよ」

「そのあたりを、ぼんやりとな……」

「今日の講習会で、少しばかり今後のことを考えたの。メンバーはどんな人たち？」

「三鷹に住む大学のＯＢが中心で、いろんな会社をリタイアした仲間だ」

「ふーん、三鷹住民でない私は、資格ないかー」

「いいよ。メンバーは、多いほうがいい。でも、そこで何をしたい？」

「ネットで囲碁を楽しみたい」

「わかった。具体的になったら連絡するよ」

それから数日して、私の会員番号を併記した、発足会の案内メールが届いた。

このサークルは、時の総理大臣、森善朗総理の音頭取りによるＩＴ戦略の一環で、全国都道府県でパソコン教育を行うというタイミングに産声を上げた「シニアＳＯＨＯ普及サロン三鷹」であり、三鷹市のパソコン教育を請け負い、森総理自らの訪問を受けるなど、時代の寵児《ちょうじ》となった。しかしながら、私はメンバーの中でネット囲碁に興味を持っている数人と、細々と、囲碁を楽しむだけだった。

会の初代代表は、事あるごとに「シニアよＩＴをもって地域に帰り、ただならぬシニアであれ」と、叫んでいた。

私は、その言葉を耳にするたびに、「私は、ただのおばさんでよい。面白おかしくずっこけているただのおばさん」と笑った。ただのおばさんは、ただならぬおじさん・おばさんを目指す同僚を横目に、ネット囲碁を楽しもうとする数人と、糸電話（電話回線）による囲碁対局を試みていたのである。

それでも、少しは会に貢献しようと、インターネット囲碁大手の「パンダネット」と特約店契約を結ぶが、当時のインターネット回線事情や普及状態では思うように登録者が伸びず、ネット囲碁の会は自然消滅した。「ただのおじさん、おばさんのすることは、こんなものだ」と、ただならぬおじさんたちに笑われた。

ほどなくして、私は正式に現役を退いた。もう会社に行くこともない。本当にただのおばさんになってしまった。三鷹のサークルには籍は置いているが、活躍する気分にならない。「ただならぬシニアであれ」と、周りは動いているが、「もう、何かに縛られての生活は嫌だ。気楽に生きたい」と、積極的に動くこともない。こうなれば、おのずと毎日が日曜日の三百六十五連休になってしまう。どうしよう。引きこもり老人になってしまう……。

「そうだ、私には碁があるではないか。これなら、あまり金もかからないし、時間つぶしには最適だ」

以来、私は、日々行きつけの碁会所に通うようになった。

碁会所には、いろいろな人が居るが、過去のキャリアなど全く関係なく、碁石を握っていれば皆満足している。

ある時、かつては超一流会社のお偉方であった碁敵と打つ。棋力は同じくらいである。「今日は、私は黒よ。いつも黒を持ったほうが勝つね」と、笑いながら試合開始である。相手の大石《たいせき》が薄い。「これを仕留めれば私の勝ちだ」と、追いかけた。

彼の石は逃げいっぽうになり、「まいったなー、そんなに追うなよ」と、ぼやきながら盤面を睨《にら》む。

「いや、私は、男も石も追いかけるのが大好きよ。男には感情があるので逃げ切られることが多いけど、石は仕留めることができる。へへへ……」

「まいったなー」

「ほら、ついに、大間のマグロみたいに大きな石を取った」

「投了。じゃあ、このマグロで暑気払いでもしようかー」と、彼は、周りの碁敵も誘い、皆でいつもの居酒屋に向かった。


「井山は強い。でも国際戦に勝てない」

「日本はどうして韓国・中国に勝てないのだろう」

「彼らは、形にこだわらず勝てばいいの碁だからだよ」

「日本人は美しく勝とうとする。一時の柔道と同じように」と、居酒屋での囲碁談義が続く。

「ところで篠ちゃん、碁会所の休みの日は何しているの？」と、囲碁仲間の一人が訊く。

「家でテレビを見ながらゴロゴロ。そしていつのまにか眠ってる」

「そりゃ、いかん。認知症になってしまうぞ！」

「『松渓ふれあいの家』で老人相手の囲碁のボランティアをしないか？」

「どうせ暇人だから、私でよければ」


こうして、私は、碁会所と自宅との往復の日々から一歩踏み出した。

毎週月曜日に、ボランティアでデイサービス福祉施設「松渓ふれあいの家」に通い、超高齢の老人相手に碁を打つ。ぼけ老人が、ぼけ老人を相手に碁を打ち、互いのぼけ防止とする。一度踏み出すと、身も心も軽くなり社会が開けたような気分になった。

そうこうしているうちに、インターネットの回線事情もよくなり、雨の日などの引きこもり老人には、インターネット囲碁は、最適な時間つぶしになる。

ある日、「日本棋院」のサイトを視ていると、「箱根囲碁合宿」の案内があった。早速申し込んだ。

六月最初の週末、箱根での囲碁合宿である。「優勝しよう。賞品の箱根一泊二日のペア宿泊券を目指して、頑張るぞ！」

ホテルに着いて、受け取った予定によれば、私のスケジュールは、初日の午後に二局、二日目に午前・午後で四局となっている。北は北海道、南は鹿児島まで、全国の囲碁愛好家が集まっている。いつもながら、皆さんの囲碁に対する熱意に感心する。対局の合間をみてプロ棋手と指導碁を打つのだが、多くの皆さんは、棋譜《きふ》をとっている。それにひきかえ、私などは手ぶらである。

謝依旻《しぇいいみん》女流名人との対局を楽しみにしていたが、彼女は、急遽《きゅうきょ》不参加で諦《あきら》める。そこで、初日に山本賢太郎五段に指導してもらうことにした。四子《よんし》置いて「お願いします」と始める。模様（陣地）の張り合いになり、先生の大模様が気になって、「えーい」と打ち込む。でも反発を受けそうになり、さっさと捨てる。局後の反省で、「捨てたのが正解でしたね。布石は完璧でした」と、褒められての夜は、おいしいビールとなった。

二日目は、倉橋正行九段、瀬戸大樹八段に打っていただく。どちらも競り合いになり、プロの威力に感服しての負けである。しかし、局後に競り合いの場面を再現され、私のほうに手があったようであるが、私の棋力では、そんなところまで読めない。

最終日の午前中は、大好きな下島陽平八段の指導碁とした。「先生、こっちとこっちでは、どっちが大きい？」、などと訊いて勝つ。プロとは二勝二敗である。充分満足した。

そうそう、肝心の対局であるが、優勝が見えてきて油断した時に、隙を突かれ、準優勝（五勝一敗）に終わってしまった。その一敗は、全敗していた相手に一勝をあげてしまったのである。「私ってなんと優しいおばさんなんでしょう」

準優勝者として、記念のメダルと囲碁の雑誌、菓子折りを閉会式でいただいた。

引きこもり老人にならないようにと、一歩外に出れば、二歩三歩と進むものである。

六月の箱根囲碁合宿で知り合った女性に、女流アマ囲碁大会「勝負美人杯」への参加を勧められた。「もしかして、私は美人かもしれない？」

曇り空の下、電車に揺られ、少し緊張して市ヶ谷の駅を降りた。何しろ、囲碁の他流試合。しかも「勝負美人杯」。ついにチャレンジの日はやってきた。

会場にいってみると、女性囲碁愛好家が、わんさといる。主催者の話では、級位者から高段者まで、四百名弱の人数である。それも、北は北海道、南は沖縄と、全国からの囲碁愛好家である。私は、三・四段クラスへの挑戦であり、自分の名前の書かれた椅子に座ると、一回戦の相手は、既に着席しており、強そうだ。ここで、緊張はピークに達する。

小林覚プロ（九段）の挨拶と開始の合図で戦いが始まった。「握り」で白黒を決めるのだが、あいにく、私は、苦手な「白」になってしまった。それでも順調に進み、勝機が見えてきた。私のチョンボが出るのが、この段階からだ。持参の水を飲み、盤面を見渡し、「ひるまず、慎重に……」と、深呼吸する。

一局目は中押し（相手の投了）で勝った。これで全敗しないで済むと思ったら、緊張が解けた。二局目、三局目となるにつれて、強い相手になる。四連勝すれば三・四段のクラスで優勝である。慣れない手合い時計の利用も身についてきた。

決勝の相手は、長考する。おかげで私も考えて、チョンボしないようにと、盤面を見回す。持ち時間ぎりぎりまでかかる。そのためか、小林覚審判長が、横に立っている。

ちょっぴり恥ずかしかったが、ここまでくればとんでもない間違いはないだろう。白の私が優勢であることにかわりない。とにかく決勝に勝った。

閉会式で、小林覚審判長から、大会参加費に有り余るほどの商品券を受け取ったときは、思わず小さなガッツポーズをした。この日の記念にと、売店で、小林覚先生の著書『覚のサバキ』を買い、サインしてもらった。

荻窪に戻り、いつもの飲み屋で、「この大会の名称は、『勝負美人杯』である。きっと美人に与えられる賞なのでしょう」と、常連の友と喜びの祝杯を挙げた。

喜びもつかの間、しばらくして、長年通っていた碁会所が閉鎖になった。また、行き場のない老人になってしまう。放り出された囲碁仲間と新天地を開拓しなければならない。荻窪で一日ワンコインで遊べるような所を探さなければならない。

――ありました。荻窪の区民センターでの囲碁会である。「杉並区の施設と道具を使っている所だ。入会の拒否はないはず」と、路頭に迷った囲碁仲間と申し込む。区の施設を利用していれば、文化祭など、区の開催イベントへの参加の誘いもある。

梅雨入り前の五月の爽やかな朝であるが、私は緊張していた。昨夜も今日のことが気になり熟睡していない。

「東京二十三区対抗囲碁大会」である。この大会に杉並区代表で参加することになった。人生七十余年の中で、何かの代表になることなどなかった。強いて言えば、小学校時代に、クラス代表の学級委員の経験くらいである。そんな私が囲碁の杉並区代表選手とは、何かの間違いではないかと思われるが、確かに代表なのである。

周りの囲碁仲間に言わせれば、「杉並区囲碁連合の間違いだ。いくら人材不足だと言っても、もっと強い女性がいるはずだ」と冷やかす。

選ばれた理由は単純である。前年秋の文化祭の区民囲碁大会で好成績だったためらしい。囲碁連合会の方から、参加の打診があったときに、即、「参加します」と答えた。届いた書類によれば、参加費三千円とある。「それを持って行けばよいのか」と尋ねると、「その必要はありません。区のほうで面倒をみさせていただきます」との返事である。やっぱり、代表だ。

代表チームは各チーム九名で構成され、そのうち六名の一般は、段位に関係なく、互《たがい》先《せん》で行い、子ども二人と女性一人は、ハンデキャップ制で戦う。一番勝率のよいチームが優勝する。

最初は、千代田区との試合である。前に座った女性は、若い。「もうだめだー」と思いながら、審判員の合図でスタート。だが、とにかく勝った。そして次は江戸川区である。今度は、おばさんである。「もらったー」とスタートし、最初から優勢のまま勝った。これで面目が立つと、主催者の用意した弁当を食べる。

三局目は、足立区である。私の大チョンボが出て、優勢の碁を落とした。日頃の悪い癖がでた。「早く投了しろよ」と、打ちつづけ、相手に留めを出させようとした途端、大事な要石《かなめいし》を取られ、私が「投了」である。気を取り直して豊島区相手の四局目に入る。これは勝った。

結局、杉並区は、子ども二人と私の勝率はよかったのだが、一般の部が全く振るわず、十六位に終わった。

一般の部は大変である。何しろ、他区は、一度はプロを目指した人、アマチュア全国大会の優勝者、東京代表や、囲碁のインストラクターの参加である。これでは、杉並区は勝てない。

しかし、文化祭の囲碁大会で活躍した人へのご褒美での代表選び、杉並区は素晴らしい。

現役を退いて十数年になり、囲碁を通して地元荻窪に根づいてきた。

「ＩＴをもって地域に戻り、ただならぬシニア」になることはできなかったが、いつのまにか「囲碁をもって地元に戻り、ただのおばさん」になっている。

ただのおばさんは、それなりに地元とつきあい、数年前から近所の小学校の囲碁クラブのお手伝いまでするようになった。

四国霊場の遍路

出発

いよいよ私は、四国へ旅立つことになった。

旅には、観光の旅、出張と呼ばれる仕事の旅などといろいろあるが、今回は修行の旅である。以前から四国を旅したいと思っていたが、四国なら「遍路旅」がよいだろう。観光の旅もよいが、面白い目的があっての旅がよい。

友人が申し込んであり、都合が悪くなったと言うので、急遽《きゅうきょ》かって出た。

私の若い頃は、新婚旅行といえば、小田急のロマンスカーでの箱根や、少し足を延ばして熱海、遠い所では九州の宮崎が相場であった。そんな時代に、学生だった私は、日本の各地を旅した。その時、友人たちと「新婚旅行は四国にしよう！」と、話し合い、四国だけは残しておいた。

今のところ、結婚経験のない私は、まず、新婚旅行の経験がない。さらに、長年の会社勤めで、日本全国ほとんどの県に出張しているのだが、どういう訳か、四国は回ってこなかった。会社で隣の席に座る男性は、時折四国へ出張していたというのに……。

（不思議）

とにかく、友人の都合のおかげで、新婚旅行以外での、四国旅行の口実ができたのである。

当初、バスによる遍路旅には少し気が引けたが、もう歩く旅は無理である。修行といっても、バスでの寺巡りだろう、と安易な気持ちで、重い腰を上げた。半分は、観光気分である。（空海さんお許しください）

遍路旅に必要な小道具は、旅行社に申し込んであるので、初日に現地で受け取ることになっている。着替えと、賽銭用の五円玉を鞄《かばん》に詰め込み、明朝、羽田に行けばよい。

（簡単！）

ただ、申込みと同時に送られてきた「納め札」に、住所氏名などを書かなければならなかった。一つの寺で二枚というので、結構な量になる。何かの願いを込めて書くのだろうが、ただただ機械的に書いた。それも数日前に終わっている。「奉納八十八ヶ所霊場順拝、同行二人」と書かれた札である。どうやら昔はこれが板であり、それを奉納台に釘で打ちつけたらしい。それで、遍路が札所にお参りすることを「打つ」と言うらしい。にわか勉強で知る。

今回のお遍路の旅は、四泊五日の行程を計三回で、八十八ヶ所霊場順拝の予定である。

高知を故郷にする碁敵から、四国霊場遍路記『同行二人』を渡された。「バスの中で、お参りする寺ごとに読め」である。彼の好意を受けて、それも鞄に入れた。(出発！)

阿波の国から土佐の国へ

なんと忙しい旅なのだろう。一回目の初日は、朝の九時頃、高松空港に着くや、待っていたバスに乗り換え、巡拝用品を調達する。まず、納経帳を確認し、杖《つえ》に、白衣と渡

され、どうすればよいのやら、

「添乗員さん！　添乗員さん！」と呼びながら、巡礼姿に着替え……、

「これでよいの？」と、笠に、白衣と身に着けるが、どうも落ち着かない。

「様になっていますか？」

「立派！　立派！」の返事に、ちょっと安堵しながら、再びバスに戻る。

少しは、のんびり窓外でも眺められるかと思いきや、そうはいかない。

数珠の持ち方や、渡された経本を手にして、旅の安全祈願を兼ねて、お経の練習である。生まれて七十余年になるが、経など読んだことがない。意味もわからずフリガナに従って読むが、どこで息つくか皆目わからない。

無事五日間を終わらせられるか、少々心配になってきた。

そうこうしているうちに一番札所（霊山寺）に到着する。考える余地もなく、ろうそく、線香、賽銭と、周りの人の行動をまねながら……の遍路旅の始まりである。

予定表によれば、この日は八番札所まで回るようだ。驚いたことに、昼食の時に、「一粒の米にも……」と、感謝の言葉を唱えてからである。

そして、初日の宿は宿坊なので、そこでまた、夜のお勤めをする。僧侶の尊いお言葉もうわの空で、早く横になりたいだけである。

余裕のない一日目であった。(ああ！　これが修行の旅かー)

こんなはずではなかった。私の予定では、桜の咲く南国の春うららの陽気な気分で、吉野三郎の清い流れを愛でながらの寺参りのはずであった。

ところが、日本列島への寒波の襲来とかで、二日目は、「寒い、寒い」の連発である。しかも、冷たい風の中でのお参り。ろうそくに火を点けようとするが、すぐ消えてしまう。隣の人の、点いた火をもらおうとしたら、

「それはいけません、自分の火を使いなさい」と、先達さんにちょっぴり注意された。

(ろうそくからろうそくへの点火はだめらしい)

失敗を重ねながら、それでも一日目より二日目と、少しずつ要領がわかり、自分なりの手順で参拝ができるようになってきた。ホテル泊まりのその夜は、ビールを飲むゆとりもでてきた。

阿波の国の二十三ヶ寺を三日で回った。途中の二十番（鶴林寺）で、白衣に、鶴の朱印を押してもらう。希望者だけと言うが、周りの人がするので「私も」と、二百円のお布施で試みた。次は、どうやらどこかの寺で亀のお印をもらい、鶴・亀そろって一対となり、千年・万年の長寿を祈願するらしい。

阿波の国の最後の夜は、土佐の国（高知県）との国境の温泉宿に泊まり、大きな風呂でゆっくり体を休めた。（極楽、極楽）

次の、土佐の国の札所は四国四県で一番少ない十六ヶ寺である。最初の寺は、室戸岬の先端にある二十四番（最御崎寺）であり、そして、この日は、三十番（善楽寺）までの予定である。

土佐の国に入ると、少しばかり寒波が和らいだ。（それとも南国土佐のせいかな？）

移動時間も長いので、窓外の景色を楽しむ余裕ができた。桜の花も咲いている。こんな土地での生活なら、坊さんも恋をして、かんざしを買ってもおかしくない。（誰でも

恋をしたくなりそうだ）

一回目の最終日は、三十一番（竹林寺）から三十六番（青龍寺）である。

最初の竹林寺は、『同行二人』の遍路記をくれた碁敵の菩提寺であり、「三十一番には、僕が眠るようになっている」と、言っていた。なんと素晴らしい寺なことか。こんな立派な寺は、彼にはもったいない。でも、この寺は八十八ヶ寺唯一の文殊菩薩である。彼が優秀なのは、この菩薩さんの御加護なのだろう。

なお、竹林寺の山門を出ると、もう一つの峯に牧野植物園がある。有名な植物学者の牧野富太郎博士を記念した植物園で、広大な敷地内は、山あり谷あり、立派な記念館も建っている。博士の資料が保存されているらしい。遍路の旅では、外からちょっと覗《のぞ》くだけである。

いずれも彼の優秀さの原点に思える。

足摺岬から坊っちゃん温泉へ

弘法大師「空海」の名前の原点である、新緑を映した南国土佐の蒼い海と青い空の寺参りの予定であったが、竜馬空港に降りると、今にも泣きだしそうな空模様である。

いよいよ二回目の旅の初日となる。

空港で、遍路姿になり、気持ちを落ち着かせるが、天気が気になる。（でも、頑張るぞー）

先達さんいわく「降らなければ幸せ」と、三十七番（岩本寺）、三十九番（延光寺）、三十八番（金剛福寺）と回る。寺と寺の距離が長いので、本来なら、車窓から美しい春の海を眺めながらの、足摺岬へのドライブのはずが、相変わらず泣き出しそうな空である。

最初の岩本寺で、五体もある本尊に参り、昼食。大皿に盛られた筍が、格別おいしかった。

三十九番（延光寺）では、白衣に亀の朱印を押してもらう。これで鶴・亀とそろい、千年・万年と生きることができるらしい。（そんなに生きたらどうしよう。浦島太郎になってしまう）

二日目は、足摺岬より四十番（観自在寺）に向かうバスの中から、荒れる海を眺める。幸せなことに最初の寺に着いた頃に、空が明るくなり始めた。重装備の雨対策が不要になった。（大師様の優しさに感謝）

そして、いよいよ、三日目。バス遍路にとっては、最大の難関と言われる四十五番（岩屋寺）から五十三番（円明寺）の八ヶ寺参りである。

昨日のバスの中で先達さんは、しきりに岩屋寺の三十分くらいの山道の大変さを語っていた。

――本当に大変であった。私は、平らな道なら、一時間くらいは、平気であるので、「多分大丈夫」と、自分に言い聞かせて頑張った。しかし、獣道を少しばかり広げたような山道である。おまけに所々に階段がある。せめて、軽自動車が通れるくらいの生活道路があってもよさそうだが、それもない。先達さんによると、郵便配達員は、一枚のはがきでも、この山道を登って届けるらしい。

この山寺で経をあげている時に、小さな石が上から落ちてきた。見上げれば、大きな岩が覆いかぶさっている。経をちょっぴりサボって見回せば、本堂も大師堂も巨大な岩壁に抱かれるように建っている。どうしてこんな所に寺を建てたのだろう。大師堂のそばに霊水穴禅定《あなぜんじょう》がある。皆が入るので何の洞窟かも知らずに入ってみた。（どうやら弘法大師様が掘った穴らしい）

さて、苦しみの後には喜びも、その日の夜はお楽しみ、夏目漱石の『坊っちゃん』で有名な道後温泉である。夕食後、仲間と連れ立って、駅前にある「坊っちゃんからくり時計」を見て、坊っちゃん気分になって温泉に入った。

夜の散歩で、旅の記念に、砥部焼のごはん茶碗を買った。これからは、これでご飯を食べる時に、「一粒の米にも万民の労苦を思い、一滴の水にも恩徳を感謝し……」と、唱えることに……。（馬鹿者《ばかもの》、うそつけー！）

大したものです。自分で自分を褒めたい。ここまでで、七十ヶ寺の巡礼が終わった。始めは何が何だかわからず、とにかく皆さんに迷惑をかけないようにと必死であったが、今日までなんとか無事お参りができた。まさに、巡礼は、心の動くままにである。

第二回目の最終日の予定は、昨日打ち残した五十九番（国分寺）と、五十五番（南光坊）を打ち、予定の六十五番（三角寺）から七十番（本山寺）までの六ヶ寺である。三角寺は、伊予の国の最後の寺である。これで三国（阿波、土佐、伊予）を回ったことになる。

バスからタクシーに乗り換えて三角寺に向かった。文明の力を借りての巡礼であるが、やはり疲れる。あまり階段や山登りはないのが幸いである。少々の階段は、「これくらいなら許す」と、言いながら上った。本堂では、爽やかな風を受けて線香をあげ、経を読んだ。

六十六番（雲辺寺）は、雲辺の名にたがわず海抜千メートルの所にある。バスからロープウェイに乗り換える。ロープウェイを降りて、少し歩き出すと、道路に一本の線が引かれ、左右に、徳島県、香川県と書かれている。私たちは、香川県から徳島県へと県境をまたいで渡った。

雲辺寺は、香川県と聞いていたが、実際に建っている所は、徳島県らしい。固定資産税はどっちに納めているのだろう。それとも、寺は無税なのかなー。

結願

私たち、遍路客を乗せた飛行機は。台風に向かって進んでいた。機長の話では、まだ雨は降っていないらしい。でも、天気予報によれば、まもなく本格的に降るようだ。(これも大師様が授けた「試練」なのでしょう)

遍路旅は、三回目の今回で八十八ヶ寺を回り終え、高野山への御礼参りですべてが終わる。

早々に、今回の最大の難所の七十一番(弥谷寺)が最初の参拝である。何しろ本堂まで二百数十段の階段を上らなければならない。
バスの中で、「途中まではマイクロバスがあるのでそれにしたい人は、手を挙げてください」と、添乗員さんが問うので、「はい！」と、最初に名乗り出た。（文明の力を使わねば損）
バスを降りると、雨がぽつぽつと降り始めた。マイクロバスで先回りし、階段の中ほどで、自らの足で上ってくる仲間たちを待った。「はーはー」と、八十四歳のおばあちゃんまで、徒歩である。（どうせ私は、怠け者遍路）
昼めしを食べ終えた頃から、雨は本降りになった。湿気で点きの悪くなったライターで、線香、ろうそくに火を点け、お堂の狭い軒先で経をあげた。
今夜は、七十五番（善通寺）の宿坊泊である。しきりに降る雨の中、やっと善通寺にたどり着き、一連の作業を終えてほっとする。（これで今日は終わり）
しかし、その後も、先達さんは、寺の中の由緒ある石仏などを案内する。早く宿に入り、濡れた靴を脱ぎたい。（もう、どうでもよいから……）
彼らも仕事であり、案内マニュアルに従ってであろうが、そんな説明など止めてほしい。どうせ、聞いているほうは、うわの空である。

翌日は、台風一過ですがすがしい朝を迎えた。それにしても、昨日は長い一日であった。宿泊が、善通寺の宿坊なので、五時半からの朝のお勤めに参列した。

本堂の畳に正座して、坊さんの法話と経を聴く。六人の坊さんの美しい経は、名曲の合唱であった。朝から五十分の正座はきつく、大師様に許しを乞うて、そっと足を崩した。(大師様、何卒!)

お勤めの後、他の遍路さんたちは、御影堂の下の戒壇めぐりであった。私たちは、昨日済ませていたので、そのまま朝食かと思いきや、隣の会館で、大師様が産湯に使った井戸などを見学した。

善通寺は、弘法大師の生誕地であり、御影堂の下の戒壇めぐりの際には、大師様が生まれた部屋とかで、骨格からコンピュータで推定して再現したという、尊いお声を聴いた。

三日目の朝、遍路姿でバスに乗り、高台の宿から町に下った。途中、窓外の、瀬戸内海に浮かびでた、日本家屋の屋根のようになっている屋島を眺めた。源平の古戦場にある八十四番（屋島寺）が今日の最初の寺である。皆が、お経をあげている最中に、眼下の海を眺めていると、

「大師様にお尻を向けては、だめよ」と、先達さんに注意され、

「はい」と大師堂に向かって、「南無大師遍照金剛」と、唱える。

今日で八十八ヶ寺も終わりかと思うと、何やら寂《さみ》しさを感じる身に、平家の悲しき物語が重なって、「おごる者久しからず……」と、つい口ずさみ、「平家供養の鐘はどれか」などと訊く。「これが源氏が刀を洗い、平家の血で真っ赤に染まった『血の池』です」など、先達さんがいろいろと説明してくれた。（読み返してみよう『平家物語』）

それにしても、科学では考えられないことが、四国霊場では、起こるらしい。

時代物のケーブルカーで昇った先の、八十五番（八栗寺）などもその一つである。大師様が入唐前に植えた八個の焼いた栗が、帰国後にことごとく成長繁茂していたとかで

ある。（そんな馬鹿なー）

とにかく最後の八十八番（大窪寺）までたどり着いた。

ここは、結願寺である。希望者には「結願証」がもらえることになっている。私は、何が結願なのかわからないので二千円を節約する。

大師堂の中で最後の経を読み、「皆さんに結願証を」と、一人ひとりに、結願証が渡されている時に、目頭が熱くなった。（本当によくやった）

そこで、結願記念として白衣に結願の印を押してもらい、同時に、白衣の上のほうには、「四国霊場開創千二百年記念巡拝結願」の印をもらう。（ありがとうございました）

結願しての夜は、渦潮《うずしお》で有名な鳴門の海を渡り、淡路島の大きなホテルでくつろいだ。

さて、四国最後の日の寺参りは、二ヶ寺である。

まず、一番札所の霊山寺への打ち戻しをする。一回目の最初の寺である。

その時は、何が何だかわからず、周りの人のまねをして、無事八十八ヶ寺を巡ることがしきるのか心配であった。どんな寺かと問われても「全く覚えていない」と、答えるだけである。

あらためて訪ねると、つまらぬことを思い出す。参道から入ると、鯉の泳ぐ池がある。思い出した。ここで最初のお叱りを得た。「ことこと」と、橋の上を金剛杖《こんごうづえ》をついて歩いていると、「下で大師様が眠っていらっしゃるかもしれないので、杖をついてはいけません」と、先達さんに注意された。

とにかく残り少なくなった納め札を納め、経を読む。あの時と比べれば、ずいぶん慣れた。

四国の寺は、これが最後である。後はカーフェリーで、和歌山に向かい、大師様のご母堂のお寺、慈尊院を参り、高野山への御礼参りである。

四国遍路病

それにしても、四国の寺は、山の中だったり、なんと階段が多いのだろう。

「バス遍路だから、境内の近くまでバスで行き、お参りすればよいのだろう」と、甘く考えていたのが誤算であった。

大型バスの入れない寺は、マイクロバスや、タクシーを使って歩く距離を縮めてくれるが、それでも歩く。もう、こりごりである。

高野山での結願御礼を終えての飛行場に向かうバスの中で、先達さんが、「また四国へどうぞおいでください」と言えば、来年の逆打ちを考えている人が多い。(ご立派です)

私は、再び遍路をすることはないだろうと、最後の大窪寺で、杖と笠を奉納しようと思ったほどである。それを、先達さんに、「白衣、納経帳などと一緒に棺桶に入れてもらいなさい。大師様と同行二人の旅になりますよ」と、言われて持ち帰り、今は、ほこりをかぶっているありさまである。

しかしながら、不思議なことが起き始めている。

「篠ちゃん、いろいろ旅行をしているけど、もう一度行きたい場所は?」と、知人に訊かれれば、「そうねー、強いて言えば、四国のお遍路かな」と、答える。

どうやら、私も「四国遍路病」にかかったようだ。これで納得する。この旅のきっかけになった友人は、数回の経験を持ち、修行中に知り合った何人かも、数回の経験持ちであった。

納経ガールや、仏女でもない私のような者まで、一度経験したら、二度三度と行きたくなる、四国遍路病にかかるようだ。

「私も来年のうるう年には、逆打ちでもしようかなー」

（ああ、何もかも「南無大師遍照金剛」）

晩節にときめきを

現役を退けば、後は晩節を楽しむだけであるが、悲しいかな、凡人の私には、その楽しみ方がわからない。退職日の朝、同僚を前にして「これからの日々は、右手にゴルフクラブ、左手に碁石、口にグルメ」と、月並みの挨拶をしたが、年を重ねるにつれてゴルフもグルメも遠のき、左手の碁石だけが細々と続く。

私の通う碁会所は、独特な雰囲気がある。多くの碁会所は、皆さんが黙々と碁を打ち、私語も少ない。あっても、碁の局後感想などで、名前すら、相手のカードを見なければわからない。まあ、碁を打つことに専念し、上達を目指す場所だからそれが当たり前である。いっぽう、長年通っている碁会所は、皆が家族であり、友達である。しばらく顔を出さなければ「どうした？」と連絡があったり、何かと理由を見つけては、居酒屋で談笑する。だから、碁を打ちながらつまらない話をしても誰も気にしない。

ある日、いつもの居酒屋で囲碁談義をしている時、碁敵の一人が、「たまには荻窪を出て、温泉での囲碁旅行をしよう」と、提案した。「いいねー。篠ちゃん計画をしろよ」と、常連の囲碁仲間も私を幹事に推す。

「えっ！　私？」

「そうだ。どこでもよい、ただ条件が二つある。一つは、皆、年金生活者だ、高い所はだめ。もう一つは、温泉であること」と、碁敵が指示をだす。

「難しいなー、とにかくネットで探してみる」

「日付は、いつでもよいが、席亭を誘うので、碁会所の休みの月曜日を入れて探せ」と、さらに条件を加えた。

囲碁仲間の囲碁は、定石《じょうせき》など関係なく、自分の好きな手を打つタイプであるが、彼らは、こんなときでも自分勝手なことを要求する。

私は、リサーチと試行錯誤を重ね、会場を奥多摩の「陣屋」に決めた。会費は、実費にワンコイン分を上乗せ、簡単なチラシをつくって、後日、碁会所に持参した。

囲碁仲間たちは、チラシを見ながら、

「トーナメント戦をするのだな、賞金は？」と、訊く。

「ここに〝豪華賞品あり〟とあるでしょう」

数人の参加が決まった。碁会所の一角にまだ参加の意思を表明していない常連がいる。

「温泉囲碁旅行に行きましょうー」

「温泉はあっても、女は居ないんだろう？」と、常連の一人が返す。

「ここに、私という立派な女性がいますよ」

皆がどっと笑った。

「おいおい、その笑いどういう意味？」

「篠ちゃんは女性じゃなく、僕らの女王だから……」と、遠くの席から声が飛ぶ。

「それなら許す。とにかく囲碁と温泉を楽しみましょう！」


温泉囲碁旅行の宴会の席で、優勝して賞金を手にした碁敵は、「つまんねーな、碁に勝っても負けても、何の感動も湧かない。ときめきがない」と、賞金を「酒代の足しにしろよ」と、私に返した。

その様子を見ていた一人が、「おい、ときめきには、恋をするに限るぞ」と、冷やかした。これが口火となって、それからは、「そうだ、そうだ。席亭、碁会所の看板に『女性大歓迎』と書けよ」「若い女性は無料だ」「女性への指導者は僕だ」「いや、俺に交代だ」などと、口々に勝手なことを言い、酒の勢いにも押されて、ときめき談義は弾んだ。

私にも、ときめきのためにボーイフレンドが、できた。

相手の意思は関係なく、私だけ勝手にそう思っている。

京王閣競輪場に向かう車の助手席に、〝坊や〟は居る。年齢もさることながら、その武骨な風貌は、決して〝坊や〟と呼べるものではないが、あえてここでは、〝坊や〟と呼ぶ。そうしなければ、おばさんのときめきボーイフレンド物語は続かない。

坊やは、囲碁の初心者であり、先日、手のすいた時に指導碁をした。その時、彼が「囲碁の指導もいいが、今度、競輪の指導もしてください」の言葉で、この日の段取りになった。歳の差が半分ほどある若い男性からこんな話があるとは、なんとうれしいことか。

坊やは車に乗ると、ポケットから、スポーツ新聞の競輪紙面とインターネットで調べたらしい競輪の紙片を取り出し、いろいろ質問してくる。

「馬鹿者《ばかもの》！　遊びだよ。そう真面目に訊かれても、答えられない。せっかくのドライブではないか、小雨にけむる車窓のつつじの花の話でもしてくれ！」

そうでなければ、私の何十年ぶりかの〝うきうき〟したデート気分が削《そ》がれる。

競輪場でいつもの友達に、「私のボーイフレンド」と紹介するが、友は「ふーん」と一言挨拶し、後は、「オッズ、対抗だ」と、いつもと変わりない。

「おいおい、ちょっとくらい冷やかしてくれ。私の〝ほやほや〟のボーイフレンドの誕生ではないか」

彼らは、坊やと私のことなど無視し、穴車券を追いつづける。

一日競輪を楽しんで荻窪に戻った。これから、競輪の友と、いつものように居酒屋で飲むのであるが、

「一緒に飲む？」

と、誘えば、坊やは、

「僕、妻の夕食がまずくなるので……」

と、さっさと帰る。

競輪場の指定席で机を共にして過ごしたのに、またもやそっけない。「寂《さみ》しい！」

「坊や、また競輪に行こうね。そして万車券当てようね」

おばさんの一日限りのときめきである。

ときめきに飢えている囲碁仲間に、女王の「晩節のときめき」を報告しなきゃー。

竹馬の友の夏

日本の夏を象徴するような、蒸し暑い日である。村田篤《あつし》は、冷房が人の発する熱量を冷やしきれない満員の地下鉄から降り、猛暑の街を、上着を片手に持ちながら阿佐ヶ谷駅前の商店街に向かっていた。街並みは、篤が住んでいた頃とは、路地こそ変わっていないが、かつて大きな屋敷があった所は、いくつかの似たような形をした建売住宅などに変貌していた。

夏の陽はまだ高く、「飲み屋に行くにはまだ少し早いなー」と、篤は、区役所横の中杉通りを外して住宅街を歩き、そして、小さな公園を見つけてタバコに火を点けた。阿佐ヶ谷は、学生時代に住んでいた街であり、最近、単身赴任で暮らし始めた街でもある。

大学卒業後、篤は、故郷に近い関西に工場と研究所を持つ会社に勤めていたが、工場統合による人事異動で、東京本社勤務になり、妻と子どもを関西に残し、阿佐ヶ谷と荻窪駅の中間に部屋を借り、一人の生活にも慣れてきた頃であった。

普段は、荻窪駅で下車するが、その日は、学生時代の友人である松本孝雄との約束があり、南阿佐ヶ谷駅で下車した。

大学一年の当初、篤は、学校付近の下宿屋に下宿していたが、下宿人同士の麻雀づきあいに嫌気がさし、松本の紹介で阿佐ヶ谷にアパートを借り、学生時代を過ごした。

卒業後も、篤が出張で東京に来たときなどは、二人は、互いに都合がつく限り、都心で酒を飲んでいたが、郊外のここ阿佐ヶ谷で飲むことはなかった。

「『おっちゃん』は、まだ営業しているのか。おかあちゃんは元気なのかなー」と、これからの再会を思いつつ、篤は眺めるともなしに公園で遊ぶ母子を見ていた。

「おじさん、ボール取ってー」と、男の子の声がする。

篤が我にかえり、足元に転がり込んだ小さなゴムボールを拾い、駆け寄る少年に渡すと、「ありがとう」と、少年はボールを受け取り、一緒に駆け寄った母親らしきタンクトップ姿の女性の手にすがった。女性が軽く会釈したとき、彼女の胸元が広く開いた先に隠された膨みの裾野が目に入った。篤は急いで目を逸《そ》らすと、今度は、ピンクのマニキュアをしたサンダル履きの素足の爪が目に留まる。「きれいな人だなー。これが将来の荻窪婦人かー」

篤は、さりげなくその場を去ったが、約束の「おっちゃん」に向かう途中、何やら懐かしい昂《たか》まりを覚えていた。「最近にない、感覚だなー。まずい！　飲んで払い落とそう」。篤は、おっちゃんの暖簾《のれん》が見えると、足早になった。

篤が、おっちゃんの暖簾をくぐると、「いらっしゃい」と、昔と変わらない、おっちゃんの声が返ってきた。

「久しぶり。まだ営業しているんだ。懐かしいなー」

「やー、お待ちしていましたよ。昨日、松本さんから『篤が来るから、いいもの仕入れておけよ』と、連絡がありました」

篤は、Ｌ字型のカウンターの一角に席を取りながら、

「おっちゃんもおかあちゃんも、あまり歳をとってないね」

「頭を見てくれよ。白いものがめっきり多くなって……。昔のようにビールだね」と、おっちゃんは、付け出しとコップを、篤の前に並べた。

「松本は、相変わらず寄るのかい」

「時々。松本さんの話では、篤さんずいぶん偉くなったそうですね」

「いや、技術馬鹿《ばか》への定年前のご褒美のようなものだよ。現場で、半田ごてを握ってい

るほうが楽だ」

「そんなものですかねー。わしらにはわからん」

表のドアが開いて、松本が入ってきた。

二人は隣同士に座り、ビールで乾杯していると、

「あまり、よいものがなくて。近海の魚を少し……」

「肴は、何でもいいよ。適当に見繕ってくれ。篤は、最後に味噌汁があれば満足するはずだ。おかあちゃん頼むね」

「はい。珍客ですからね。昔どおりの味で」と、他の客に酒を出していたおかあちゃんが、答えた。

篤は、学生時代にはこの酒場で焼酎数杯を飲み、握り飯か、お茶づけで食事をし、おかあちゃんのつくる味噌汁で締めていた。

二人は、ビールを飲みながら、近況を語り合った。

「僕らも、定年まであと数年だが、君はどうするつもりだ」との篤の問に、松本は、

「まだ、考えていない。子会社の役員という話もあるが迷っているのだ」

「ゆっくり考えればいいよ。ところで家族は元気かい？」

「うん、元気だ。しかしな、娘の奴、嫁にいって、孫をつれて帰ってきちゃったよ」

「そうかー。それは大変だな。若い者は何とかするよ」

「ああ、そうだ。女房に『篤と会うから飯はいいよ』と言ったら、会いたいとさ」

「奥さん、元気か」

「今度、日曜日にでも来いよ。肉ジャガとキンピラくらいは用意させておくよ」

「君のお母さんの肉ジャガ、懐かしいなー」

篤は、趣味は、洋画やクラシック音楽など洋風なものであるが、食べ物だけは、おふくろの味であった。学生時代は、松本の母親がつくる家庭料理を好んで食べた。

「女房は、母ほどでもないが、味は似てきたよ」

「うん、奥さんによろしく」

「まあ、僕もここには時々くるが、君も顔をだせ。天沼なら歩いて帰れるだろ」

「ああ、学生時代のように、ここで時々飲むことにするよ」

二人は、電車に乗らずに帰れる気楽さから、閉店時間近くまで飲んだ。

それ以来、篤は、早めに帰宅できる日は、南阿佐ヶ谷駅で下車し、先日の公園で一服して、おっちゃんで飲むようになった。真昼の太陽が暑くても、夕暮れになれば秋風を感じる日、公園に行くと、終わりかけた百日紅《さるすべり》の花の向こうで、母子が二人で小さなブランコに乗っていた。

母親は、赤いTシャッツ姿で、子どもの動きに合わせてブランコを揺らすが、

「ママのまねしちゃだめよ」と、言いながら、時々思い切り高く漕ぎあげる。

篤の目は、知らず識らずのうちに、母親のスカートの間から見え隠れする太ももに移っていた。単身赴任して数ヶ月になり、月一回ほどは、関西の自宅に帰るが、熟年夫婦であるから、熱いものは、それほどない。それだのに、篤は、どこからか熱いものが湧いてくるような不思議な心持ちになった。「僕もまだこんな気持ちになることもあるのだ」

篤は、数年後に定年になる年齢であり、社会的地位からすれば、若者のように気軽に声をかけることもできない。タバコを一本吸ってその場を去った。

背中のほうから「さー、おばあちゃんの所に帰りましょう」と、子どもに話しかける声が聞こえた。

おっちゃんで、篤が「そろそろ帰ろうか」と思っていると、店のドアが開き、女性が入ってきた。

「いらっしゃい」

女性は、篤の一つ隣に席をとり、

「枝まめとビールね。おっちゃん、父には……」と、唇に人差し指を当てた。

「わかってます。美香ちゃんとの約束ですから……」

「父は出張で居ないし、子どもは母と寝たから来たの」と、横を見て、篤に気づいた。

「あら！　さっき、公園で……」

篤は、彼女が入ってきた時に、既に気づいていたが、

「はい。どうも……」と、言葉を濁した。

「時々、公園でお見かけしますね」

「ええ、可愛いお子さんですね」

篤は、潮汁を飲みながら、彼女がおいしそうにビールを飲む横顔を見ていた。

そのしぐさには、公園での母親ではなく、円熟した女性としての艶やかさが漂っている。「旦那はどんな男なのだろう」と考えながら、篤は彼女の横顔を、どこかで見たような気がしていた。

篤は、彼女のビールが空になるまで、おっちゃんと四方山話をしながら、時々彼女の横顔を見ていたが、思い出すことはできず、勘定を済ませて店を出た。


しばらくして、松本美香も、勘定をしようと、

「ご馳走さま。幾ら？」

「はい、待ってください」とおかあちゃんの返事に、おっちゃんが、

「美香ちゃん、あの人誰か知らないの？　お父さんの友人の篤さんだよ」

「知らなかった。話では知ってるけど、会ったことないから」

「篤さんも気づいてないようなので、あえて言わなかった。美香ちゃんとの約束だから

ね」

「最近のお客さまかと思った。でも、公園で見かけることもあるの」

「篤さん、まぶしそうに美香ちゃんを、見ていたよ」

「そーう。変な女だと思ったのでしょう」

「それはどうかかな。ところで美香ちゃん、いつかはお父さんに、飲みに来ていること、ばれちゃうよ」

「其の時はその時ね」

遅かれ早かれ父に知られることを、美香は覚悟していた。

美香は、両親の反対を押し切って結婚し、数ヶ月前に別れて実家に戻り、両親には、「しばらく、おとなしくしていなさい」と、言われていた。


会議・会議の連続に疲労を感じながら篤は地下鉄を降りた。

このまま帰っても寝つけないだろうと思い、篤がおっちゃんに寄り、飲んでいると、美香が入ってきて、立ったまま、「おっちゃん、ビールね。それに、冷奴」と言って、

おっちゃんに目配せをしながら、

「こんばんは。隣に座ってもよろしいですか」と、気軽に話しかけてきた。

篤は、「おや！」と、思いながら「どうぞ」と彼女用の椅子を後ろにずらした。

美香は、「村田さんですよね。おっちゃんから聞きましたよ。学生時代にはここの常連だったんですって？」

「はい、まあ。今度、東京勤務になったので、また荻窪に住むようになりました」

「単身赴任ですってね。私は子持ちのバツイチです。よろしくお願いします」

「こちらこそ」

「おっちゃんが、あなたなら『親しくなっても大丈夫』と、言っていましたよ。だから……」

美香は、微笑んで、篤のコップに自分のビールを注いだ。

「おっちゃん、そんなことまで話したのか？」

「この前、美香ちゃんが、篤さんが帰った後に、いろいろ訊くからついつい……」

おっちゃんは、美香に目で合図する。

篤は、うれしくもあったが、少し戸惑いも感じた。東京に来て、仕事関係以外の人との会話は少なくなっており、まして、娘と変わらない年恰好の女性との会話である。最初は、言葉を探しながらであったが、酔いの後押しもあって、次第に打ち解けてきた。自分からは、声をかけたくてもできなかったのに、彼女のほうからである。「どうして急に変わったのだろう」と、篤は、おっちゃんと美香ちゃんと呼ばれる女性を見比べながら、心は揺れていた。

しかし、屈託なく明るく話す彼女につられて、篤もいつになく饒舌《じょうぜつ》になっていた。

「そろそろ、私は帰ります」と美香が勘定を請求すると、篤はちょっとためらったが、思い切って、「全部僕と一緒にしてください」と、彼女を制した。

「それでは、あまり……」

「女性と一緒に飲んで、とても楽しかったので。それに知り合いになった記念に、今日は僕が……」

美香は、助けを求めるように、「おっちゃん、どうしましょう」と、尋ねた。

「今日は、甘えておきな。篤さんのせっかくの好意だ」

その一言で、美香は、「そーね。ご馳走さま、お言葉に甘えます」と、ほんのりと赤くなった笑顔で会釈した。

勘定を済ませ表に出ると、秋風が二人の酔った頬を撫でた。

「少し、散歩しますか？」

「ええ、子どもはきっと、母と寝静まっているでしょうし」

意外に素直な返事に、篤は少し驚きながら、二人がいつも出会う、小さな公園に向かうことにした。

篤は、「遠い昔にもこんなことがあったなー」と、学生時代のガールフレンドとのことを思い出していた。昔と変わらず、こんな情景のときに話す言葉を、篤が見つけられずに黙っていると、「この辺も、個人商店が少なくなったの」と、美香が話題を投げかけてくれた。

二人は、いつも篤がタバコを吸うベンチに腰を下ろし、しばらくの沈黙が続いた。

篤は、美香の背中に腕を回し、彼女を抱えるように寄せ、Ｔシャツの上から、美香のふっくらとした胸に手を当て、やわらかい塊をさぐる。美香は、しばらく素直に受け止めていた。

篤は、高まる興奮を抑えきれず、目を閉じている美香の顔に、唇を重ねようとすると、美香は、固く唇を閉ざし、「だめ、あなたには奥様がいる。そして父に……」と、目をパッチリ開け、篤の腕を払った。

「ごめん！　お父さんがそんなに怖いの？」

「はい。父の反対を押し切って結婚し、今は、母子二人、父に食べさせてもらっているから」

美香は、何事もなかったように、少し乱れた衣服を直し、「帰りましょう」と、立ち上がり篤に手を差し伸べた。

篤は、昼間みる男の子のように美香の手にすがって立ち上がり、黙って歩き出した。公園のすぐ先の十字路で、美香は、屈託もなく、「今日は、ご馳走さまでした。またおっちゃんでお会いしましょう」と、くるりと背を向けて帰っていった。

篤は、返す言葉もなく、美香の背中を見送りながら、「女の気持ちは、わからないなー。帰ったら、罪滅ぼしに妻に電話しよう」と、手に残る胸の感触を一振り落とした。

刷毛《はけ》で塗ったようなどんよりとした日曜日の朝である。篤は、単身生活にも慣れ、部屋の掃除や洗濯を終え、コーヒーを飲んでいると、電話が鳴った。松本からである。

「今晩は暇か？」

「これといった用事はない」

「女房が、『家で食事でもしましょう』と言っている」

「うーん、迷惑でないか？」

「水くさいこと言うな。六時ごろ来いよ。待っている」

松本は、篤の返事を待たずに、電話を切った。

相変わらずの松本の強引さに苦笑しながら、篤は、温くなったコーヒーを一口飲み、パソコンに向かい、昨日自宅に転送しておいた、かつての部下の特許出願書の添削をした。共同出願者として、篤の名が書かれているが、削除すると同時に、「発明を二個に分けることも考えたらどうだろう」と、注釈の吹き出しを付け加えた。

松本孝雄と篤は、学生時代はゼミも同じで、実験などのときは、いつも松本が中心であったが、緻密な性格の篤にしてみれば頼もしくもあり、よきライバルでもあった。二人は、授業が忙しくて麻雀などの遊びはせず、たまたま時間の余裕があるときには、映画鑑賞を楽しんだ。

そして篤が、阿佐ヶ谷に越してきてからは、時折、松本の母親のつくる夕食を、篤はご馳走になっていた。

篤は、夕方、駅前で、ワインと果物を買って松本の家に向かい、玄関のベルを鳴らした。

「はーい。お待ちしておりました」と、奥さんの迎えを得る。居間のテーブルには、既に宴会の用意がされてあり、松本は、雑誌を読んでいたが、

「おっ！　よく来てくれた。そこに座れ、始めよう」と、ビール瓶に手をかけた。

「まず、仏様にだけ、お参りさせてくれ」

篤は、奥さんの案内で仏壇に線香をあげてから居間に戻った。

「美香、篤さんよ、降りていらっしゃい」と、奥さんが声をかけると、しばらくして男の子が顔をだした。

篤は、「あっ！　あの子だ」と一瞬目を疑った。

「挨拶は？」の、奥さんの声に「いらっしゃい」と、松本と奥さんの間に座った。

「ママは？」と、奥さんが訊くと、

「後から行くからって言ってたよ」

奥さんは、男の子にジュースを注ぎながら、「お化粧でもしているのでしょう。始めましょう」と、ビールの入ったコップを目の前にかざした。

「再会を祝して、乾杯！」と、松本の合図で会は始まった。

篤は、昔とあまり変わらない庭先の植木を見ながら、古い井戸と物置がないのに気づき、「おい、井戸のあたりは売ったのか？」

「あー、相続税のためにな。庭も小さくなった」と、松本が答えた。

「来るとき、一瞬、道を間違えたかと思った。桜の木の屋敷がなくなっている」

「この辺も家並みが変わったからな。庭も隣の屋敷と一緒になってマンションさ」

しばらく、取り留めのない話をしていると、階段を下りる足音と同時に、美香が顔をだし、「いらっしゃいませ」と、挨拶しながら、篤に目配せをした。

「お邪魔しております」。篤は、ためらいがちに挨拶を返した。

松本は、娘と、孫を篤に簡単に紹介すると、美香は、「はじめまして……」と会釈して、篤の隣に座った。

「松本の娘だったのかー」。篤は、心の中で彼女の先日の冷静な態度に感謝した。

男の子が、松本の膝に乗ると、「篤、孫はいいものだよ。君はまだか？」

「あー、息子は、作り方を知らないらしい。それに、娘はまだ独り者だから」

「君の性格に似て、綿密な計画でもしているのだろう？」

「さー、でも、僕は子作りには計画なしだった。二、三回、妻の上で『うーん』て言ったらできちゃった」

「子作りなんてそんなもんだ」

「南風の強い日に、めしべがおしべになびいただけ」

「あら、篤さんから、そんな言葉を聞くのは、初めてね」

奥さんが笑いながら言った。

「こいつも、社会に揉まれて、冗談を言えるようになった。あっはっはっ……」

松本夫婦の笑い声に、篤も美香もつられて笑った。

美香は、「父の親友と知りながら、からかってごめんなさい」と、言いたかったが、黙って篤のグラスにビールを注いだ。

「ありがとう」と篤は返し、「松本に話してもかまわないよ」の意味を込めた。

松本は、篤の持参したワインの栓を抜きながら、

「美香も君の〝竹馬の友〟だ。君は、若い頃には、男女問わず、親しくなると、『僕の友は、誰でも、名前のとおり竹馬の友だ』と言っていたなー」

「そんなこともあったなー」

「なんで私が竹馬の友なの？」と美香が訊いた。

「篤という字はどう書く？　竹に馬だろう。村田でなく篤と呼ぶのは、竹馬の友だからだ。周りの女の子が、はじめだった」と、松本が得意げに答えた。

「なるほど。お母さんも、篤さんの竹馬の友だったの?」

「そうよ。そして、少し泣かされたの。もっとも私だけじゃないけどね」

美香は、「そうなんですか?」と篤に顔を向けた。篤は、

「いや、僕は、女性を愛しても、悲しませたことはないよ」

「そうだよ。男は単純だから、好きな女は、ただ一人。だが、時々目移りするけどな」

と、松本は笑った。

奥さんは、ワインを注ぎながら、「まーまー、今日からは、親子三人とも竹馬の友ね。乾杯しましょう」

「乾杯!」と、皆が篤のグラスに自分のそれを当てた。

篤は、「この歳で、竹馬の友でもないが、美香さん、時々飲みましょう?」と、美香のほうにグラスを向けると、美香は、「はい、おっちゃんで」と、答えた。

「今日は、すっかりご馳走になりました。そろそろ……」

篤が、帰ろうとしていると、美香は、「篤さんのために、私のつくったチーズケー

キです」と、小さな手提げ袋を渡した。

「いただきます。竹馬の友ですから……」

篤は、秋の気配のする夜道を、阿佐ヶ谷駅に向かいながら、美香の胸の感触を思い出していた。

しかし、それは、秋風とともに、熱い感触から、爽やかなものに変わっていた。

携帯電話を取り出し、妻のメールを読む。こうして、篤の夏は終わった。

おわりに

「ありがとう」と「さよなら」を、舌の上で転がしても味や匂いもなくつまらない。ところが、一度口からこぼれ落ちると、優しく美しい音色を発する。

私は、この二つの言葉が大好きである。人生もこの言葉のように優しく美しく幕を閉じたい。七十余年の歳月は、幾多の高低差があったが、少しずつ平らになる。

若い、いや、子どもの頃の詩を披露しよう。

（一）

雨の日、傘をさして
壊れた雨どいの下に立つ
バン・バン・バン
太鼓の音がする
なんだか急に人懐かしくなる

（二）

ああ、ピストルが欲しい
睡眠薬が欲しい
何のために
わからない
でも、いつのまにか
花屋の前にいた
花を買った

この二つは、なぜだか、時折思い出す。多分「ありがとう」「さよなら」と同じように、山のとき、谷のとき、静かな落ち着きを与えてくれたのでしょう。

篠原富美子

1942年長野県に生まれ、2001年に長年勤めていた電気通信機器会社を定年退職する。しばらく子会社で情報の電子化のお手伝いをするが、大病を機に完全に現役を退く。その後は、日々、面白おかしく老いる年金生活を楽しんでいる。

おばさんライフを楽しむ —終活の中締め—

発行日　2019年10月18日　第1版第1刷発行
著　者　篠原富美子
発行者　豊髙隆三
発行所　株式会社 アイノア
〒104-0031　東京都中央区京橋3-6-6　エクスアートビル3F
TEL 03-3561-8751　FAX 03-3564-3578

印刷所　株式会社 デジタルパブリッシングサービス

ISBN978-4-88169-192-2 C0095